Este libro pertenece a:

Max
el avión que
no podía
Volar

Papá Avión y Mamá Avión estaban muy felices cuando su bebé avión, Max, nació. Pero se dieron cuenta de que una de las alas de Max no estaba bien formada, era más corta que su otra ala.

Mamá avión lloraba por ello y dijo: "Pobre Max no será capaz de volar."

Papá Avión dijo, "Max parece un avión fuerte, estoy seguro de que encontrará la manera de volar."

Max abrió los ojos y miró alrededor. "¿Dónde estoy?" preguntó.
Papá Avión dijo, "Bienvenido al aeropuerto, hijo.
Aquí es donde aterrizamos y despegamos. Este es nuestro hogar."
Max vio un enorme avión moviéndose al fondo.

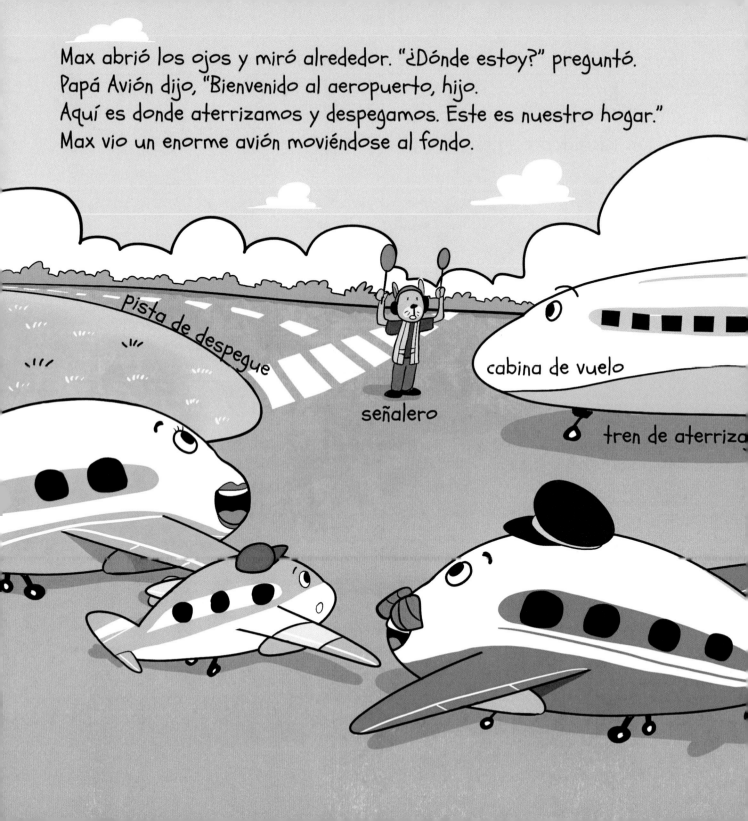

Pista de despegue

señalero

cabina de vuelo

tren de aterriza

Papá Avión dijo, "Antes de despegar, vamos por una carretera especial llamada pista de despegue y aterrizamos en una carretera parecida llamada pista de aterrizaje. Te llevaré a dar una vuelta por el aeropuerto así aprenderás más cosas sobre nuestra casa".

fuselaje y cabina de pasajeros

cola

motor de avión

ala

NO TRESPASSING

cortacésped

Ellos llegaron a un edificio enorme y Papa Avión dijo,
"Este edificio se llama la Terminal. La Terminal es donde los
los pasajeros esperan para subir abordo." Max preguntó, "Papá,
los pasajeros parecen estar esperando mucho tiempo en la terminal.
¿No se aburren?"

Papá avión sonrió, "Ellos tienen muchas cosas que hacer mientras esperan a subir abordo. Tienen tiendas donde pueden comprar juguetes, aparatos eléctricos, ropa, zapatos, dulces, e incluso comida y helados!"
"¡Viva!" Max saltó de alegría.

Max vio a un remolque moviendo un avión enorme. También vio muchas cosas interesantes como: un helipuerto, una estación de bomberos, un autobús, taxis, un area de mantenimiento, etc...

combustible

bomberos

helipuerto

muelle

bombero

remolque

autobús de pasajeros

terminal de llegadas

BUS STOP

TAXI STAND

AIRPORT BUS

Papá Avión dijo, "Hay muchos trabajadores que suben abordo, como: operarios, limpiadores, encargados de comida... Los monos conducen el coche de equipaje y las jirafas cargan las maletas en los aviones".

mantenimiento

señalero

operario

comida

encargado de equipaje

TAXI

NYC TAXI

"Antes de subir abordo, los pasajeros dejan el equipaje, que no quieren llevar en nosotros, en el mostrador del Check-in. Le dan una tarjeta de embarque antes de ir a las puertas de embarque. Las puertas son los túneles que nos conectan con el aeropuerto".

Max preguntó, "¿Va toda esa gente al mismo sitio?"
Papá Avión dijo, "No, Max, van a distintos sitios.
Ellos compran sus billetes de muchos mostradores distintos".

"Los pasajeros pueden informarse en el mostrador de información. Antes de que los pasajeros suban a bordo, su equipaje es escaneado usando máquinas de rayos X mientras caminan a través de detectores de metal".

Max vio un edificio con una torre alta. "¿Que es eso, Papá?" Preguntó. "Esa es la Torre de Control. Aquí es donde los controladores aéreos nos dan instrucciones especiales para que podamos volar de forma segura.

Max siguió el consejo de su padre y estuvo practicando pero, por muchas veces que lo intentaba; no podía conseguir volar.

En la escuela, los demás aviones podían volar excepto Max.
Los demás aviones se reían de él.
"Date por vencido, nunca podrás volar, Max," Decían.

En casa, el Papa de Max dijo, "Sigue intentándolo hijo, no te des por vencido". Max continuó intentando volar, pero era muy difícil para él.

Un día un amigo de la familia, que era ingeniero, les hizo una visita.
Era el Doctor Alberto, y se encargaba de arreglar a los aviones.
Cuando vio a Max intentar volar y caerse una y otra vez,
el Doctor Alberto construyó una pieza para que Max pudiera volar.

Una vez el Doctor Alberto puso la pieza en el ala más corta de Max, Max intentó volar. Pero, sintió que estaba muy incómodo con la nueva pieza en su ala, y llorando dijo, "¿Por qué no puedo volar como los demás aviones? ¿Por qué necesito esta pieza en mi ala?"

Entonces su padre dijo, "Max, cada uno de nosotros nacemos de forma diferente. Ningún avión es igual. Debes adaptarte a lo que la vida nos da y sacar lo mejor de ti. Todo es posible si trabajas duro y pones tu corazón en ello"

Max escuchó el consejo de su padre. Se armó de valor, tomó impulso y... "VROOOOM!". Max voló hacia el cielo, muy alto y rápido! Él estaba muy feliz de haberlo conseguido.

Con el tiempo, Max aprendió a volar muy bien gracias a sus padres,
y se convirtió en el mejor avión del mundo!
Todos los aviones estaban felices por Max.

Max dijo a su padre, "¡Papá, quiero dar la vuelta al mundo!
¿Os gustaría a tí y a mamá venir conmigo?"
"¡Por supuesto, hijo!" dijo Papá Avión con una sonrisa.
"¡Estaremos siempre a tu lado!"

Max y su familia volaron todos juntos por todo el mundo, descubriendo lugares maravillosos.

Made in the USA
Las Vegas, NV
07 May 2024

89666428R00017